¿Por qué debo ahorrar agua?

Título original: *Why should I Save Water?*
Publicado en 2001 por Wayland

1.ª edición: febrero 2012

© Wayland, 2001
© De la traducción: Fuencisla del Amo, 2012
© De esta edición: Grupo Anaya, S.A., Madrid, 2012
Juan Ignacio Luca de Tena, 15. 28027 Madrid
www.anayainfantilyjuvenil.com
e-mail: anayainfantilyjuvenil@anaya.es
ISBN: 978-84-678-2880-1
Depósito legal: M-1706-2012
Gráficas Muriel S.A.

Las normas ortográficas seguidas son las establecidas
por la Real Academia Española en la nueva *Ortografía
de la lengua española,* publicada en el año 2010.

Impreso en España - Printed in Spain

¿Por qué debo ahorrar agua?

Escrito por
Jen Green

Ilustrado por
Mike Gordon

En mi familia, todos
intentamos ahorrar agua.

Antes, derrochábamos mucha agua;
hasta que llegaron las restricciones.

Antes de las restricciones, todos derrochábamos agua. Nos bañábamos todos los días,

siempre dejábamos el grifo
abierto cuando fregábamos
los platos,

o cuando nos
cepillábamos los
dientes.

Un día, estaba lavando mi bici cuando apareció mi vecina Cristina.

Cristina dijo que no había llovido
mucho últimamente...

Cristina dijo que si todo el mundo derrochara el agua, se agotaría.

—¿Adivinas qué pasará si todo el mundo malgasta el agua continuamente? —dijo.

—El agua se acabará
y no quedará nada
para nuestros jardines,
ni en los ríos ni
estanques.

—Tendríamos mucha sed. La gente necesita agua para vivir.

¡Los animales también necesitan agua para vivir!

16

¿Y qué pasaría si todo el país
se quedara sin agua?

—No habría agua para lavarse cuando estuviéramos sucios.

Entonces, ¿cómo podemos ahorrar agua?

Cristina dijo que había muchísimas
maneras de ahorrar agua.

—Ducharse es estupendo y se gasta
menos agua que bañándose.

—Si ponemos un ladrillo en la cisterna, utilizaremos menos agua cuando tiremos de la cadena.

—No cuesta nada cerrar el grifo mientras nos cepillamos los dientes.

—Y podemos ahorrar mucha agua llenando la lavadora.

¡Cristina tenía razón! Hay muchas maneras de ahorrar agua.

A mí se me ocurrió otra forma de ahorrar agua...

Y a veces tengo que recordar a otras personas que hay que ahorrar agua...

¡Papá, cierra el grifo!

Ahora mi familia gasta menos agua.
Me gusta saber que estamos haciendo
algo para ayudar.

¡Y gastar menos agua significa que hay suficiente para todos!

Notas para padres y profesores

Sugerencias para leer el libro con los niños

Mientras estéis leyendo este libro con los niños, puede ser útil detenerse y hablar sobre los temas que van apareciendo en el texto. A los niños les gustará volver a leer la historia, adoptando el papel de los distintos personajes. ¿Qué actitud tiene cada personaje en el libro con respecto al agua? ¿En qué difieren sus propias ideas de las expresadas en el libro?

El libro introduce el tema del agua como un recurso natural y plantea cómo puede ser utilizado de una forma prudente o irresponsable. En él aparecen varias formas sencillas de ahorrar agua. ¿Actúan así en su vida cotidiana? ¿Conocen alguna otra forma de contribuir al ahorro de agua?

Hablar sobre el agua puede ampliar su vocabulario: tubería de alimentación, restricciones, cisterna, sequía, medio ambiente, aguas residuales, polución. Será útil escribir una lista de palabras nuevas y explicar su significado.

¿Por qué debo...?

Hay cuatro títulos sobre aspectos del medio ambiente: *¿Por qué debo reciclar?*, *¿Por qué debo proteger la naturaleza?*, *¿Por qué debo ahorrar energía?* y *¿Por qué debo ahorrar agua?* Cada libro anima a los niños a reflexionar sobre aspectos básicos del medio ambiente y sobre varios dilemas sociales y morales que pueden encontrarse en la vida diaria. Los libros ayudarán a los niños a comprender el cambio medioambiental y a reconocerlo en su entorno, y también a descubrir cómo su medio ambiente puede ser mejorado y preservado.

¿Por qué debo ahorrar agua? descubrirá a los jóvenes lectores la importancia de hacer un buen uso del agua. El libro proporciona también enseñanzas y temas de discusión sobre conceptos como «derrochar» y «ahorrar», al iniciar a los niños en la idea de que el agua se puede agotar.

Sugerencias para actividades complementarias

El agua aparece de diversas formas en la vida diaria: lagos y ríos, el agua salada del mar, el hielo, la humedad del aire concentrada en nubes, que más tarde se convierten en lluvia. El agua llega a nuestras casas y se escapa por el sumidero. El tratamiento del agua la purifica para que podamos beberla. Gracias a las plantas depuradoras, las aguas residuales no contaminan la naturaleza.

Se puede hacer una lista de todo aquello que requiere consumir agua, en casa y fuera. El libro apunta lo que puede ocurrir si el suministro de agua se agota. ¿Cómo les afectaría la escasez de agua? El agua es vital en la agricultura y en la industria, y también para generar electricidad. Los niños deben saber que, en algunas partes del planeta, el agua es un bien escaso. ¿Cómo sobrevive la gente en los desiertos con tan poca agua?

También se puede calcular cuánta agua gastan cada día, utilizando las páginas 12 y 13 como referencia. Un cubo contiene, aproximadamente, 10 litros de agua. En una ducha se gastan alrededor de 15 litros, lo mismo que en fregar los platos. Un lavaplatos gasta 30 litros. Un baño medio gasta entre 60 y 100 litros, y una lavadora 120 litros. Estos datos se pueden representar en un gráfico, añadiendo la cantidad de agua que beben. Y luego, podrían calcular cuánta agua gastan en una semana ellos o sus familias. Después de aplicar sus ideas sobre el ahorro de agua, ¿cuánta agua son capaces de ahorrar?